U0002840

Antoine de

小王子
Le Petit Prince

安東尼·聖修伯里——著　　鄒瑋珊——圖　　蔡季佐——譯

暢銷80年法文直譯全新插畫版

親愛的讀者：

　　很榮幸向大家推薦對個人成長和人際關係具有重要啟發意義的書籍──《小王子》。

　　因為小王子的純真、善良和勇氣，也是我在人生當中，不斷激勵自己的一本書。這本書是法國作家聖修伯里的傑作，它不僅是一本童話故事，更是一部關於愛、友誼和人性的哲學寓言。

　　閱讀《小王子》帶來許多好處。

　　這本書以簡單明瞭的文字和深刻的寓意，它透過小王子的冒險旅程，帶領我們思考建立清晰的人生目標，找到真正重要的事物，並追求更有意義和充實感的生活。

　　其次，書中的故事和人物，將啟發你對人際關係的思考。小王子在他的旅程中，遇到各種各樣的人物，每個人物都具有獨特的特點和故事。透過這些相遇和交流，我們深入思考友誼、愛情和人與人之間的連結，並且在人際交往中，展現更多的同理心和尊重。

　　此外，《小王子》中的插畫，也為故事增添了豐富的視覺體驗。這些精美的插圖與文本相輔相成，使故事更加生動起來。這將讓我們更加融入小王子的世界，更全面地理解故事的寓意，並從視覺上獲得更多的享受。

　　綜上所述，我誠摯地推薦各位讀者朋友們，一定要細細品味這部書中蘊含的智慧和力量。

相信透過《小王子》，我們每個人都將獲得心靈的啟迪和靈魂的洗禮，以及協助我們下一代成長和價值觀的養成，都將產生積極而深遠的影響。

就讓我們一起來享受，這個充滿想像力和詩意的魔幻世界吧！

祝閱讀愉快！

亞洲提問式銷售權威

林裕峯

譯者序 / 蔡季佐

　　最近一次的旅行，我穿越時區的差異，在抵達目的地後，日期依然停留在出發的那一天，彷彿置身於特殊的時空中，就像在小王子的星球上一樣，一天中觀賞無數次的日出和日落。

　　旅行所到之處，大多是未經開墾的荒漠地形，我有幸看見荒野中的狼，心中浮現小王子的玫瑰，和他馴服的狐狸。

　　狐狸告訴小王子，馴服是建立關係，需要耐心和時間，不是隨手可得的現成商品。於是他們建立了規律的相處時刻，這種儀式讓彼此的相遇變得特別而有意義，小王子也因此明白他與玫瑰的關係。最終離別的時刻到來，狐狸將他的祕密當成禮物送給小王子，他教導小王子，「真正重要的東西，眼睛是看不見的」，並要小王子為他自己馴服過的一切負責。

　　我大概沒辦法真正馴服荒漠中的狼，沒辦法與之建立彼此需要的關係。然而在這次旅途中的自我探索，卻得以讓我馴服自己。終其一生，我們不斷努力與他人建立關係，或是被他人影響，卻鮮少思考如何和自己的內在世界建立獨特而有意義的連結，如此的內在連結將會是堅固的，能賦予我們力量與智慧去應對生命中的問題和挑戰。

　　小王子最終放棄了冒險，選擇讓蛇帶走他的生命，就此以永恆的形象駐留，成為聖修伯里心中最遺憾的思念。我在地球繼續小王子未完的旅程，帶著狐狸的智慧，在各種抉擇和取捨中前進，為生命擴展更多的可能性。

　　願我們都成為自己獨一無二的那顆星星。

獻給萊昂‧維爾特（Léon Werth）

請小讀者們原諒我把這本書獻給了一個大人。

我有一個很重要的理由：
這個大人是我在世界上最好的朋友。

我還有另一個理由：
這個大人什麼都懂，甚至懂得孩子的書。

我還有第三個理由：
這個大人住在法國，他在那裡挨餓受凍需要安慰。

如果這些理由加在一起還不夠的話，

那麼我願意把這本書獻給還是孩子時期的這個大人。

所有的大人都曾經是個孩子，只是很少人記得。

因此，我把獻詞改為：

獻給男孩時期的萊昂‧維爾特

Chapter 1

　　我六歲的時候，在一本描述原始森林的書上，看到一幅有趣的圖畫，那本書的書名是《親身經歷的故事》，圖畫裡是一條蟒蛇在吞食一頭野獸，上面的畫就是那幅畫的摹本。

　　書上說：「這些蟒蛇會一口氣吞掉牠們的獵物，沒有任何的咀嚼，接著就動彈不得，並且要睡上六個月來消化牠們的食物。」

於是，我開始想像關於叢林冒險的故事。輪到我大展身手時，我也成功地用彩色鉛筆畫出了我的一號作品，它長得像這樣子：

我將我的傑作拿給大人看，問他們是否為我的畫感到害怕。

他們回答我：「一頂帽子有什麼好怕的？」

我畫的不是一頂帽子，而是一條正在消化大象的蟒蛇。我只好再把蟒蛇肚子裡的樣子畫出來，他們才能看懂。大人總是需要一些解釋才能明白。

我的二號作品長得像這樣子：

這次大人建議我不管是蟒蛇的外觀圖還是內視圖，統統放到一邊去，把興趣放在地理、歷史、算術還有文法上面。於是我在六歲那年，就放棄了美好的畫家生涯，我那不成功的一號作品及二號作品，讓我感到沮喪。

大人從來沒有辦法自己搞懂一些事情，而對小孩子而言，要一直為大人解釋，那可是一件十分累人的事情。

後來，我選擇了另一種職業，我學會了開飛機，幾乎飛遍了世界各地。

地理知識確實幫了我大忙，只要一眼我就能分辨出中國和亞利桑那州，要是在夜晚迷航的話，這種能力完全可以派上用場。

就這樣，在生活中我和許多正經的人打過交道，也在大人的世界生活了好一陣子，也曾近距離觀察過他們，但這並沒有改變我對他們的看法。

　　每當我遇到一個頭腦看起來比較清楚的大人時，我就會拿出我保存至今的一號作品做個實驗，測試他們的理解能力。

　　不過我得到的回答總是：「這是一頂帽子。」

　　之後我便不再對他們提起關於蟒蛇、原始森林，甚至是星星的故事。我讓自己融入他們，和他們聊聊關於橋牌、高爾夫、政治或是領帶的話題，而他們也會因為認識了一個有品味的人而感到高興。

Chapter 2

　　我就這樣獨自過著日子，沒有真正可以聊得來的人。直到六年前，我的飛機在撒哈拉沙漠發生意外，飛機的引擎壞了，當時我的身邊既沒有技師，也沒有乘客，只能試著獨自完成艱難的維修工作。那真是一個攸關生死的情況，因為我攜帶的水，連一個星期都不夠喝。

　　第一晚，我就睡在遠離人煙千里之外的廣大沙漠中，比在汪洋中漂流的木筏上的落難者還要孤獨。所以隔天早晨，當我被一個小小的怪聲喚醒時，你們可以想見我是多麼驚訝。

　　那個聲音說：

　　「請幫我畫一隻綿羊吧！」

　　「什麼？」

　　「幫我畫一隻綿羊！」

我像是被閃電擊中一樣，立刻跳了起來，使勁揉了揉眼睛，仔細瞧了瞧周圍，卻看見一個特別的小傢伙，滿臉嚴肅地凝視著我。

　　這是我後來把他畫得最好的一幅畫像。

　　然而我的畫和他本人比起來，顯然不及他本人的迷人之處，這並非我的錯，畢竟在我六歲那年，大人就讓我對畫家生涯失去信心了。

除了畫過蟒蛇的外觀圖及內視圖以外，我之後再也沒有學過任何關於畫畫的東西。

我瞪著又圓又大的雙眼，看著這個忽然出現的小傢伙。大家別忘記，我當時可是處在遠離人煙千里之外的沙漠中，而我眼前的這個小傢伙，卻一點都不像是落難的樣子，也絲毫沒有累得要命、餓得要命、渴得要命或是怕得要命的樣子，他看起來完全不像是在這片遠離人煙千里之外的沙漠中迷路的孩子。

當我終於能夠開口說話的時候，我問他：「你……在這裡做什麼呢？」

於是他慢條斯理地再回答了一次，彷彿這是一件無比重要的事情：

「請幫我畫一隻綿羊吧！」

當神祕的事情太過令人震驚，反而令人無法抗拒。儘管一切看起來是如此荒謬，在這人煙罕至、隨時都有可能發生危險的沙漠中，我從口袋拿出了紙和鋼筆。

而我卻忽然想到，我只學過關於地理、歷史、算術還有文法的知識，於是我沒好氣地告訴這個小傢伙，我不會畫畫。他回答我：

　　「沒關係，幫我畫一隻綿羊吧！」

　　而我從來沒畫過綿羊，所以只好畫給他我唯二會畫的那兩幅畫的其中一幅，就是蟒蛇的外觀圖。而這個小傢伙的回答，卻讓我目瞪口呆：

　　「不對！不對！我要的不是一頭在蟒蛇肚子裡的大象，而且蟒蛇太危險了，大象又很占空間。我住的地方，什麼東西都小小的，我需要的是一隻綿羊，幫我畫一隻綿羊吧！」

　　於是我就畫了。

　　他很仔細地看了看，然後說：

　　「不好！這隻綿羊病得太嚴重了。再畫一隻吧！」

我只好又畫了一隻。

我的朋友帶著不失禮貌的微笑，客氣地說：

「你仔細看看……這不是一隻綿
羊，這是一隻公羊。牠的頭上還有角
呢！」

於是我又再畫了一次。

不過還是被退回了，就跟前面幾幅一樣。

 「這隻綿羊的年紀太大了，我
想要一隻可以活比較久的。」

我開始不耐煩了，一心一意只
想著快點拆開我的引擎，於是我
胡亂塗鴉了一幅，然後丟下一句話：

「你要的綿羊就在這個箱子裡面。」

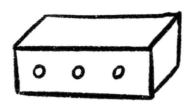

　　這一次我卻驚奇地看見，這位小評論家的臉龐閃爍著光芒。

　　「這就是我想要的！你覺得牠需要吃很多草嗎？」

　　「為什麼這麼問？」

　　「因為我住的地方，只有一丁點大。」

　　「就算是再小的地方，也有足夠的草，因為我給你的是一隻很小很小的綿羊。」

　　他低下頭看著圖畫：

　　「也沒有那麼小……你看！牠睡著了……」

　　就這樣，我認識了小王子。

Chapter 3

我花了很長一段時間，才弄清楚他是從哪裡來的。

小王子問了我好多問題，卻好像對我問他的問題充耳不聞，我只能從他無意間透露的話語，一點一滴地弄明白他的來歷。

比如說，當他第一次看見我的飛機時（我就不把飛機畫出來了，對我而言它實在太複雜了），他問我：

「這是什麼東西啊？」

「這不是東西。它能飛呢！它是一架飛機，是我的飛機。」

我很驕傲地讓他知道我會飛行。他卻驚奇地叫道：

「什麼！你是從天上掉下來的？」

「是的。」我謙虛地回答。

「哈！這真是太有趣了……」

小王子發出一陣可愛的笑聲，卻讓我感到惱怒，對於我所遭遇的不幸，我希望別人能夠嚴肅地看待。然後他又說：

「所以，你也是從天上來的！你是從哪顆星球來的呢？」

關於他的神祕來歷，我隱約從中看見一絲關於線索的曙光，於是我猛然問道：

「所以你是從另一顆星球來的嗎？」

小王子沒有回答。他微微地點頭，目光沒有離開我的飛機，接著說：

「說得也是，你搭這個東西，是沒辦法從很遠的地方過來的……」

然後他就陷入了一陣沉思，持續了好久，才從口袋裡拿出我畫給他的綿羊，埋首凝視著這個寶貝。

可以想見，我對於「其它星球」這種令人半信半疑的語詞有多麼好奇，我努力想要知道更多。

　　「我的小傢伙，你是從哪裡來的呢？你說你住的地方，是在什麼地方？你要把我的綿羊帶去哪裡呢？」

　　在一陣若有所思的沉默後，小王子回答我：

　　「你畫給我的那個箱子，是個很棒的東西，當夜晚來臨時，它可以成為綿羊的家。」

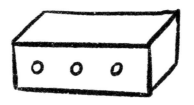

　　「那當然！如果你聽話的話，我會再幫你畫條繩子，讓你白天可以拴住綿羊，另外再加上一根小柱子。」

　　這個提議似乎讓小王小不太高興。他說：

　　「拴住牠？這主意也太奇怪了！」

「如果不拴住綿羊的話，牠會到處亂跑，然後就會不見。」

我的朋友又是一陣可愛的笑聲：

「你要牠跑到哪裡去呢？」

「哪裡都有可能，牠會一直往前跑的……」

這時小王子鄭重其事地對我說：

「沒關係，我住的地方真的很小很小。」

然後，他似乎語帶傷感地又說了一句：

「就算一直往前跑，也跑不了多遠的……」

Chapter 4

　於是我得知了第二件重要的事情，那就是小王子來自一個跟房子差不多大小的星球。

　這並不嚇人，因為我知道除了地球、木星、火星、金星，這些我們為之命名的大行星外，一定還有好幾百顆行星存在著，有的甚至小到連用望遠鏡也很難看得見。每當天文學家發現了其中一顆，就會用數字替小行星命名，像是「325 小行星」。

　　我可以肯定小王子是從 B612 小行星來的。這顆小行星只在一九○九年被一位土耳其天文學家用望遠鏡觀測到一次。

當時這位天文學家在一次國際性的天文學大會中，盛大發表了他觀測的結果，可是因為他穿的服裝並不怎麼樣，所以沒有人相信。

　　大人就是這副樣子。

幸好當時土耳其有位獨裁者，為了 B612 小行星的聲譽，他強迫人民都得穿上體面的歐式服裝，否則就是死罪一條。

　　一九二〇年，這位天文學家穿上高雅無比的歐式服裝，再度發表了他的論證。這一次所有人都贊成他的看法了。

我之所以講述這麼多關於 B612 小行星的細節，還有它的編號，這全都是因為大人的緣故。

大人喜歡數字。

當你跟他們聊到新朋友時，他們從來不問你那些最根本的問題。他們不會問：「他的聲音聽起來如何？他最喜歡什麼遊戲？他收集蝴蝶標本嗎？」

他們會問：「他幾歲？他有幾個兄弟姊妹？他的體重是多少？他爸爸賺多少錢？」

只有得到這些數字，他們才會覺得瞭解你的朋友。

如果跟大人說：「我看到一棟美麗的玫瑰色磚房，窗邊長滿天竺葵，屋頂上還有鴿子……」

他們是無法想像它的樣子的。

只有跟他們說：「我看到一棟價值十萬法郎的房子。」

他們才會驚呼：「哇！好漂亮的房子！」

所以如果你跟大人說：「小王子曾經存在的證明，就是他十分迷人，也很愛笑，而且還向我要了一隻綿羊。如果一個人想要一隻綿羊，那就證明這個人是存在的。」

大人只會聳聳肩，把你當成小孩子看待。

不過要是你對他們說：「小王子是從 B612 小行星來的。」

他們就會完全信服，不會再拿一些大人的問題來煩你。

大人就是這個樣子，也沒什麼好責怪的。孩子們就對他們寬容些吧。

當然，對於我們這些明白人生道理的人而言，我們才不會在意那些數字呢！我會希望用童話故事的方式，來為這個故事開場，我會說：

「從前從前，有一個小王子，他住在一個只比他身體大不了多少的星球，而且他想要一隻綿羊。」

對於懂得人生道理的人來說，這種說法比較貼近真實。

　　我不希望大家在讀我的書的時候，覺得它無足輕重，因為講述這些回憶，其實讓我感到悲傷無比。

　　我的朋友帶著他的綿羊離去已經有六年了，我試著在這個時候描述有關他的一切，就是為了不要將他忘記，忘記朋友是一件傷心的事情，並不是所有人都擁有朋友。如果忘記的話，我就變成那些只對數字感興趣的大人了。

　　為此之故，我才買了一盒顏料和幾支畫筆。在我這個年紀，要重拾畫筆可是一件困難的事情，因為除了六歲時畫的蟒蛇外觀圖及內視圖，我再也沒有試著畫過別的東西。

　　當然，我會盡可能畫出最真實的樣子，但沒有十足的把握能夠成功。上一張畫得還可以，下一張就不太像了。

我也有點畫錯他的身材大小，這張將小王子畫得太高，那張又將他畫得太矮，我也不太確定他的衣服顏色。於是我不斷摸索，畫來畫去，勉強畫出個樣子，最後說不定連一些重要的細節都是錯的。

關於這點，請各位一定要原諒我。我的朋友從來不特別解釋什麼，或許他以為我跟他是一樣的。

不過我啊，很遺憾地，其實根本不知道怎麼從一個箱子看到綿羊。可能我也有點像那些大人吧，我想必是老了。

Chapter 5

每天我都得知一些關於小王子的事情：他的星球、他的出走、他的旅行，從他不經意脫口而出的想法，慢慢地了解一切。就這樣，我在第三天知道了關於猴麵包樹的慘劇。

這次也是因為綿羊的關係，小王子彷彿為此深感困惑，他突然問我：

「綿羊會吃小灌木，這是真的對吧？」

「是啊，是真的。」

「啊，我真開心！」

我不明白為什麼綿羊吃小灌木這件事情這麼重要。然後小王子又問：

「所以，綿羊也會吃猴麵包樹吧？」

我提醒小王子，猴麵包樹可不是小灌木，而是像教堂那麼高大的樹，就算他帶著一群大象回去，都沒辦法吃掉一整棵猴麵包樹的。

　　一群大象的說法，讓小王子笑了：

　　「那可得把大象一隻一隻疊起來才行。」

而他隨後就像是個智者一樣說話：

「猴麵包樹在長大之前，一開始也是小小的。」

「對極了！不過你為什麼想要綿羊去吃小猴麵包樹呢？」

小王子卻這麼回答我：「誒！這不用說吧！」

彷彿答案再明顯不過，可是我卻絞盡腦汁才弄明白是怎麼一回事。

原來，就跟其它的星球一樣，在小王子的星球上，植物也充斥著好壞，好的植物有好的種子，壞的植物有壞的種子。

不過種子是看不見的，它們沉睡在祕密的地底，直到有一天種子心血來潮，想要甦醒過來，於是它伸展身子，害羞地朝太陽長出一根無害且可愛的嫩芽。

如果長出來的是小蘿蔔或是玫瑰的嫩芽，就讓它們自由地生長。如果長出來的是不好的植物，一旦發現後就得趕快連根拔起。而在小王子的星球上，就存在著可怕的種子，那就是猴麵包樹的種子。

在那個星球的土壤裡，這種種子多到成災，而且猴麵包樹這種東西，要是太晚才想拔除的話，就再也無法清理掉了。他們會占據整個星球，樹根還會穿透地心。要是星球太小，而猴麵包樹又太多的話，星球就會支離破碎。

「這是個紀律的問題。」

過了一會兒，小王子這麼跟我說：「早上，當你梳洗完畢後，也得細心地為星球梳理，你必須規定自己按時拔除猴麵包樹的幼苗。猴麵包樹的幼苗在小的時候和玫瑰花幼苗很像，一旦分辨出來，就得將它們連根拔起，

這個工作很乏味，可是並不難。」

於是有一天，小王子要我認真畫一張圖，讓地球上的孩子都能好好記住這件事。

「如果哪天他們去旅行的話，」小王子說，「你的畫就會派上用場。有些工作沒有馬上完成，並不會造成危害，可是，如果是跟猴麵包樹有關的工作，那就會變成一場災難。我就知道有一個星球上面住著一個懶惰鬼，他放過了三顆小樹苗……」

於是，依照小王子的指示，我畫了右邊這顆星球。

我一點都不愛說教，但是猴麵包樹的危險實在鮮為人知，這對迷失在小行星上的人來說，要冒的風險實在太大了。所以這一次，我為此打破慣例，我說：「孩子們，小心猴麵包樹！」

我如此盡心盡力畫這幅畫，正是為了讓我的朋友有所警覺，他們跟我一樣，長久以來距離危險如此靠近卻不自知，所以這個忠告值得我費點功夫。

你或許會問：「為什麼這本書裡的其它幅畫，都沒有這幅猴麵包樹來得壯觀呢？」

答案很簡單：我嘗試過但沒有成功。

然而當我畫猴麵包樹的時候，內心有一股急切的心情，激勵著我要把它畫好。

Chapter 6

　啊！小王子，我就這樣，一點一滴地弄懂了你那憂鬱的小小人生。長久以來，你唯一的樂趣是享受夕陽西下的溫柔。在第四天早晨，我發現了這個新的細節，當時你對我說：

「我喜歡夕陽，我們去看一次夕陽吧！」

「可是看夕陽得等待……」

「要等什麼呢？」

「等太陽下山啊！」

一開始你滿臉詫異，隨後卻自顧自地笑了起來。
你說：

「我一直以為自己還在我的星球呢！」

事實上，大家都知道，美國還是正午的時候，法國的太陽已經下山。如果可以在一分鐘內飛到法國，就可以馬上看到日落，只可惜法國實在離得太遠了。而在你那個小小的星球上，只需將椅子挪個幾步，隨時都可以看到你想看的夕陽。

「有一天，我足足看了四十四次日落！」

然後你又說：

「你知道……如果一個人很悲傷的時候，他就會喜歡上日落……」

「所以，看了四十四次日落的那天，你很悲傷嗎？」

小王子沒有回答。

Chapter 7

第五天，還是多虧了綿羊，關於小王子的生活，又揭開了一點神祕的面紗。他突然沒頭沒尾地問我，像是沉思許久之後得到了結論般：

「綿羊如果會吃小灌木的話，那麼牠也會吃花嗎？」

「綿羊碰到什麼就會吃什麼。」

「連帶刺的花也是嗎？」

「是啊！連帶刺的花也是。」

「這樣的話，刺有什麼用呢？」

我不知道該怎麼回答。當時我正忙著把引擎上一顆很緊的螺絲卸下。我感到焦慮不安，顯然飛機故障得很嚴重，水也快要喝完了，這讓我擔心最壞的情況有可能會發生。

「這樣的話，刺有什麼用呢？」

小王子一旦問了問題，就非知道答案不可。那顆螺絲正讓我惱怒，於是我隨口回答了一句：

「那些刺一點用處都沒有，純粹只是花朵本身不懷好意而已！」

「喔！」

但在一陣沉默之後，小王子卻怒氣沖沖地對我說：

「我不相信！花很脆弱，也很單純，她們只是盡可能地保護自己，以為有了刺就會讓人害怕……」

我默不作聲。當時我的心裡正想著：「如果這顆螺絲還是這麼頑固，我就直接拿鎚子把它搥下來。」

而小王子再一次打斷了我的思緒：

「而你真的覺得，花……」

「沒有！沒有！我什麼都不覺得！我只是隨口說說的，我現在有正經事要做！」

他一臉錯愕地看著我。

「正經事！」

小王子看著我手上拿著鎚子，手指沾滿黑色油污，傾身於一個他覺得奇醜無比的東西上面。

「你講話就跟那些大人一樣！」

我開始感到羞愧。不過他毫不留情地繼續說道：

「你什麼都分不清楚……你把所有事情混為一談！」

小王子真的氣炸了，一頭金髮在風中搖晃。

「我知道有一顆星球，上面住著一位紅臉胖先生，他從來沒有聞過任何一朵花，他從來沒有看過任何一顆星星，他從來沒有愛過任何一個人。除了算術以外，他從來沒有做過任何事情。他整天重複著跟你一樣的話：『我有正經事要做！我有正經事要做！』這使得他驕傲又自大。他這樣根本不算是個人，而是一顆蘑菇！」

「一顆什麼？」

「一顆蘑菇！」

小王子氣得臉色發白。

「幾百萬年來，花朵即便長著刺，綿羊也照吃不誤。花朵為什麼要費那麼大的功夫，長出沒有用的刺？難道把這件事搞清楚，不是一件正經事嗎？難道綿羊和花朵之間的戰爭不重要嗎？難道會比不上紅臉胖先生的帳本來得更正經、更重要嗎？要是我知道有一朵花，一朵世界上唯一的花，她哪裡也不長，只長在我的星球，然後在某個早晨，就被一隻小綿羊輕而易舉地毀掉，綿羊甚至不知道自己做了什麼，這難道一點都不重要嗎？」

小王子的臉漲得通紅，繼續說著：

「如果有人愛上一朵花，一朵在千百萬顆星星中獨一無二的花，他只要能夠望著那些星星，便覺得心滿意足。」

「他會對自己說：『我的花在那裡，就在其中一顆星星上……』但要是綿羊吃了那朵花，對他來說，這就像是所有的星星突然熄滅了一樣！這難道也一點都不重要嗎？」

他已經泣不成聲，沒辦法再繼續說下去。

夜幕低垂，我放下手裡的工具，不再管我的鎚子、我的螺絲，也不在乎是否飢渴或死亡。在一顆星星上，在一顆星球上，在我的星球上，在地球上，有一個需要安慰的小王子！

我把他擁入懷裡，輕輕搖晃著。我對他說：

「你愛的那朵花不會有危險……我會為你的綿羊畫個嘴套……再為你的花畫一副盔甲……我……」

我不知道該說什麼才好，只覺得自己笨拙得可以。

要怎麼去到他的世界呢？要怎麼進入他的內心呢？淚水的國度是那麼神祕。

Chapter 8

我很快就對這朵花有更進一步的認識。在小王子的星球上，一直以來都長著一些樣式簡單的花，她們只有一層花瓣，既不占地方，也不打擾人。

她們在早晨的草叢中綻放，在夜裡凋零。

而有一顆不知道哪裡來的種子，在某一天發了芽，小王子對這顆與眾不同的幼苗特別關注，就怕它是猴麵包樹的新品種。

可是這株新芽很快就不再長大，卻反而像是要長出花朵。小王子看著偌大的花苞，想著是否會有奇蹟發生。

然而，花卻一直藏著，在她綠色的房間裡為綻放美麗準備著。她仔細地挑選顏色，緩慢地著裝打扮，一片一片地梳理花瓣，她不想要像麗春花一樣皺巴巴地出現，而是要光彩奪目地露臉。

是的，她是如此地愛美。

就這樣一天又一天，她神祕地打扮自己，然後就在某一天早晨，在太陽升起的時候，她總算綻放了。

而她，在如此精心打扮過後，卻一邊打哈欠一邊說：

「啊！我好像還沒完全醒過來呢……還請你見諒……我的花瓣還亂糟糟的……」

此時，小王子卻再也克制不住他的愛慕之情，說道：

「你好美啊！」

「可不是嗎？」

花朵輕聲地說：「我可是和太陽同時誕生的呢……」

小王子猜想這朵花並不怎麼謙虛，卻還是美得令人動心！

「我想，是時候吃早餐了吧……」而她又說，「你該體貼地想一想我的需求吧……」

　　小王子覺得尷尬不已，找了澆花壺盛裝新鮮的水，照料花朵。

　　於是，就這樣，花朵用她那易於敏感的虛榮心，折磨著小王子。

　　像是有一天，她和小王子提到她身上的四根刺：

　　「就讓老虎張牙舞爪地過來吧！」

　　「我的星球上沒有老虎，」小王子反駁，「而且老虎根本不吃草的。」

「我並不是草。」

花朵輕聲地回答。

「抱歉……」

「我一點也不怕什麼老虎，可是我討厭風。難道你沒有屏風嗎？」

「討厭風這件事，對一株植物來說，實在不太幸運，」小王子心想，「這朵花還真是難懂……」

「夜裡你得將我放進罩子裡。你這裡好冷，不適合居住。我來的那個地方啊……」

她打斷了自己說的話。

她來的時候還只是一顆種子，是不可能見過其它的世界的。被發現自己撒的謊如此站不住腳，令她有些惱羞成怒，於是，她咳了兩三聲，試圖讓小王子覺得理虧：

「屏風呢？」

「我正要去幫你拿，可是你正在跟我說話呢！」

於是她又多咳了幾聲，就是要讓小王子良心不安。

因為這樣，儘管小王子的愛是如此真心誠意，卻也開始對這朵花產生了疑慮。他將一些無關緊要的話看得太認真，變得很不快樂。

「我不該將她的話聽進去，」有一天小王子向我坦承，「永遠都不要聽信花朵的話，只要看看她們，聞聞

她們就好了。我的那朵花讓我的星球芬芳馥郁，我卻不懂得好好享受。老虎張牙舞爪的事，本該激起我的同情，卻無故讓我好生氣。」

小王子繼續說著：

「當時的我什麼都不懂！我應該依照她所做的，而不是她所說的來評斷。她芬芳我的生活，照亮我的生命，我真不該逃離她！我早該猜到，在那些不高明把戲的後頭，暗藏著她的溫柔。花朵都是這麼自相矛盾的！而我當時還太年輕，不懂得如何去愛她。」

Chapter 9

　　我認為小王子是趁著候鳥遷徙的機會跑出來的。在他出發的那一天早上，他把他的星球收拾整齊，並把火山打掃乾淨。

　　他有兩座活火山，早上用來熱早餐相當省事。他還有一座死火山。

不過就像小王子說的那樣：「我們永遠都不知道會發生什麼事！」

所以，他也把死火山打掃得乾乾淨淨。暢通的火山即便燃燒起來，也是溫和且規律，不會突然間爆發，火山爆發就像不暢通的煙囪冒出火一樣。

而在地球上的我們顯然太渺小了，以致於沒辦法清理火山，這是為什麼火山總會帶給我們麻煩。

小王子帶著感傷的心情，拔掉最後幾株猴麵包樹苗，他覺得他再也不會回來了。而這些熟悉的日常工作，在那天早晨對他來說是如此珍貴。

當他最後一次為花朵澆水、為她蓋上玻璃罩的時候，他覺得自己的眼淚就要奪眶而出。

「再見了。」他對花朵說。

而花朵一句話也沒說。

「再見了。」小王子再說了一次。

花朵咳了幾聲，卻不是是因為她感冒著涼。

「是我太蠢了，」花朵終於開口，「請你原諒我，希望你快樂。」

小王子感到非常驚訝，花朵絲毫沒有責備他的意思。他不知所措地佇立在原地，玻璃罩還拿在手上。他不懂為什麼她如此溫柔平靜。

「我是愛你的，」花朵對小王子說，「你一點都不知道，都怪我。現在這些都不重要了，其實你跟我一樣笨。你要快快樂樂的……把玻璃罩放著吧！我不需要了。」

「可是你怕風……」

「我沒有那麼容易生病……夜裡的風對我有好處，我畢竟是一朵花。」

「要是有野獸跟蟲子呢……」

「如果我想認識蝴蝶，就得忍受兩、三隻毛毛蟲的存在，聽說蝴蝶好美。而且除了牠們，還會有誰會來拜訪我呢？你就要去很遠的地方了。至於野獸，我一點都不害怕，我也有爪子呢！」

花朵天真地展現她身上的四根刺，然後又說：

「別如此猶豫不決，讓人心煩。既然你已經決定離開，就走吧！」

她不願意讓小王子看到她的眼淚。她是一朵那麼驕傲的花……

Chapter 10

　　小王子發現他所住的星球附近，還有編號 325、326、327、328、329、330 等幾顆星球，於是他開始造訪這些星球，為自己找點事做，也增長見聞。

　　第一顆星球上住著一個國王。國王穿著緋紅鑲邊的貂皮，坐在一個樸素卻威嚴的寶座上。

　　「啊！來了一個臣民。」

　　國王看見小王子時，喊了起來。

　　小王子心想：「他從來沒有看過我，怎麼會知道我是誰呢？」

　　他哪裡知道，對一個國王而言，世界簡單到全部的人都是他的臣民。

「你靠過來一點，好讓我看清楚你的模樣。」國王感到驕傲，他終於成為某個人的國王了。

小王子環顧四周，想找個位置坐下來，可是整個星球都被國王那件華麗的貂皮大衣給占滿了。他只好站在那裡，又因為太過疲倦，所以打起了哈欠。

「在國王面前打哈欠有失禮節，」國王對他說，「我不允許你這麼做。」

「我實在忍不住。我長途跋涉來到這裡，一直沒有睡覺……」小王子一臉羞愧。

「那好吧，」國王說，「我現在命令你打哈欠，我有好幾年沒看過人打哈欠了。對我來說，這也挺新鮮的。來吧！繼續打哈欠，這是命令。」

「這太有壓力了……我打不出來……」小王子漲紅著臉。

「嗯！嗯！」國王回答道，「那麼我……命令你有時候打哈欠，有時候……」

他咕噥了一陣，顯得有些惱怒。

身為國王最基本的堅持，就是他的權威受到尊重，他無法忍受任何人的抗命，他可是一位專制的君主。不過因為他的善良本質，他下達的命令通常都合情合理。

「如果我命令，」他經常掛在嘴邊，「如果我命令一位將軍把他自己變成一隻海鳥，而將軍不服從的話，這不是他的錯，是我的錯。」

「那我可以坐下了嗎？」小王子膽怯地問。

「我命令你坐下。」國王一邊回答，一邊莊重地將貂皮大衣挪了挪位置。

而小王子感到詫異，這顆星球這麼小，國王到底要統治什麼呢？

他對國王說：「國王陛下，請允許我向您請教一個問題⋯⋯」

「我命令你請教我。」國王連忙說。

「國王陛下⋯⋯您都統治些什麼呢？」

「我統治一切。」國王的回答簡單明瞭。

「一切？」

國王慎重其事地比了手勢，指著他自己的星球和別的星球，以及所有的星星。

「統治這一切？」小王子問。

「統治這一切。」國王回答。

他不僅僅是一位專制的君主，還是全宇宙的君主。

「那麼，星星也服從你的命令嗎？」

「當然，」國王對他說，「他們一收到命令就立即服從。我無法容忍任何違背紀律的事情。」

如此龐大的權力讓小王子感到驚嘆不已。

如果他也大權在握，那麼他每天看日落的次數，就可以不只四十四次，而是七十二次，一百次，甚至是兩百次，而且完全不必挪動椅子！這使他想起那顆被他遺棄的小星球，他感到有點哀傷，於是鼓起勇氣向國王提出一個請求：「我想看一次日落……拜託您……命令太陽落下吧……」

「如果我命令一位將軍，像隻蝴蝶一樣，從這朵花飛到那朵花，或是命令他寫一齣悲劇、命令他變成一隻海鳥，而他不服從的話，那麼錯的是我，還是他呢？」

「錯的是您。」小王子堅定地回答。

「那就對了！向任何一個人提出的要求，都要是他能夠做到的才行。」國王說，「權威首先要建立在合情合理的基石上。如果你命令你的人民去跳海，他們會發動一場革命的。我之所以有權力要求別人服從，是因為我的命令是合理的。」

「那麼我想看的日落呢？」小王子提醒國王。

他一旦提出問題，是絕對不會忘記的。

「你會看到的，我會命令太陽下山，不過按照我的管理哲學，得等待時機成熟才行。」

「等到什麼時候呢？」小王子又問。

「嗯！嗯！」國王在回答之前，先翻開了一本厚重的

曆書，「嗯！嗯！日落大約……大約……大約會落在今晚的七點四十分！到時你就會看到我的命令被服從得有多好。」

小王子又打起哈欠。他很遺憾沒能看到日落。他開始覺得無聊：

「我在這裡無事可做，我想我該走了！」

「不要走！」好容易才因為有了個臣民而感到驕傲的國王連忙說道。

「不要走，我任命你為大臣！」

「什麼大臣？」

「司……司法大臣！」

「可是這裡沒有半個人可以審判呀！」

「那可不一定。」國王回答，「我還沒有好好地巡視過我的王國呢！我已年邁，這裡小到沒地方停放馬車，而走路又太累人。」

「喔！可是我已經看過了。」小王子邊說邊探身往星球的另一邊再多看一眼，還是一個人也沒有……

「那你就審判你自己吧！」國王回答他，「這是最困難的事情，審判自己要比審判別人困難得多。要是你能夠好好審判自己，你就是一個名副其實的智者。」

「我呀，」小王子說，「我在哪裡都可以審判我自己，沒有非得要在這裡住下不可。」

「嗯！嗯！」國王說，「我堅信在我星球的某處，有一隻上了年紀的老鼠，我在夜裡總會聽見牠的聲音。你可以審判牠，時不時地判牠死刑，如此一來，牠的性命就取決於你的審判。不過你不能濫用死刑，你每次都得赦免牠，因為我只有一隻老鼠。」

「我呀，我不喜歡判人死刑，而且我覺得我該走了。」

「不行！」

小王子已經準備好要離開，可是他並不想讓年邁的國

王傷心。

「如果國王陛下希望命令可以馬上被服從，那麼您可以向我下一道合理的命令。像是在命令我在一分鐘內離開，我覺得現在正是時候……」

國王一句話也沒說。

小王子先是遲疑了一下，接著嘆了一口氣就離開了……

「我讓你當我的大使。」國王急忙喊道。

他展現身為國王的威權。

「大人還真奇怪。」小王子踏上旅程，心裡嘀咕著。

Chapter 11

第二顆星球住著一個自大狂。

「啊！啊！崇拜我的人來拜訪我了！」這個自大狂一見到小王子，大老遠就嚷嚷起來。

對自大狂來說，每個人都是他的仰慕者。

「您好，」小王子說，「您戴著一頂奇怪的帽子。」

「這頂帽子是為了回禮用的。」自大狂回答小王子，「當大家為我歡呼時，我就用帽子回禮致意。可惜從來沒有人經過這裡。」

「啊！是嗎？」小王子搞不太清楚狀況。

「你用一隻手拍另外一隻手看看。」自大狂如此建議小王子。

小王子於是用一隻手拍了另一隻手。自大狂舉起他的

帽子，謙虛地向小王子致意。

「這比拜訪國王有意思多了。」小王子心想，繼續用一隻手拍著另一隻手。自大狂繼續舉起他的帽子，繼續向小王子致意。

五分鐘過後，小王子已經厭倦這個單調的把戲。

「要怎麼樣才能讓你的帽子掉下來呢？」

自大狂什麼也沒聽到，他們向來只聽得見讚美的話。

「你真的很崇拜我嗎？」自大狂問小王子。

「崇拜是什麼意思？」

「崇拜就是承認我是這個星球上最好看、穿得最體面、最富有、最聰明的人。」

「可是這個星球上只有你一個人！」

「你就讓我開心，崇拜我一下吧！」

「我崇拜你，」小王子聳了聳肩，「可是你為什麼對這個這麼感興趣？」

「大人真的非常奇怪。」小王子在他的旅程中，又嘀咕了一句。

Chapter 12

　下一顆星球上住著一個酒鬼。

　這次拜訪的時間非常短暫，但卻讓小王子感到憂鬱不已。

　「你在這裡做什麼？」小王子問酒鬼。

　這個酒鬼默默坐在酒瓶堆中，有些是空的，有些是滿的。

　「我在喝酒。」酒鬼回答小王子，帶著淒涼的神情。

　「為什麼要喝酒呢？」

　「為了遺忘。」

　「為了遺忘什麼？」小王子已經開始同情這個酒鬼了。

　「遺忘我的羞愧。」他低著頭坦承。

「你羞愧什麼呢？」小王子繼續追問，想要拯救他。

「因為喝酒所以覺得羞愧！」酒鬼說完後，再也沉默不語。

小王子困惑地離開了。

「大人果然真的非常奇怪啊！」小王子心裡嘀咕著，繼續他的旅程。

Chapter 13

第四顆星球就是生意人紅臉胖先生的星球。

這個人非常忙碌，小王子到的時候，他的頭連抬都沒抬一下。

「您好。」小王子說，「您的菸都熄了。」

「三加二等於五。五加七，十二。十二加三，十五。你好。十五加七，二十二。二十二加六，二十八。我沒時間點菸。二十六加五，三十一。哎呀！所以這樣一共是五億零一百六十二萬兩千七百三十一。」

「五億個什麼？」

「誒！你還在這裡啊？五億零一百萬個⋯⋯我也不知道是什麼了⋯⋯工作太多了！我有正經事要做，沒興趣跟你閒聊。二加五，七。」

「五億零一百萬個什麼？」小王子又問了一次。

他從來不會放過任何一個他提出的問題。

生意人抬起頭：

「我在這個星球住了五十四年，只有被打斷過三次。第一次是二十二年前的一隻金龜子，天曉得牠從哪裡掉下來，牠發出一種可怕的噪音，害得我在計算時出了四個錯誤。第二次是十一年前，我的風濕病發作，我太少運動，也沒時間閒晃。我啊，我有正經事要做。第三次……就是現在這次！我剛剛說五億零一百萬……」

「零一百萬個什麼？」

生意人知道他想圖個清淨是沒辦法了：

「零一百萬個小東西，有時候在天空會看到。」

「是蒼蠅嗎？」

「不是，是會發亮的小東西。」

「蜜蜂？」

「不是，是金黃色的小東西，會讓無所事事之人胡思亂想的小東西。可是我啊！我是個有正經事要做的人！我可沒有時間做白日夢。」

「啊！是星星嗎？」

「是的，就是星星。」

「那你打算拿這五億多顆星星做什麼呢？」

「是五億零一百六十二萬兩千七百三十一，我啊，我是一個做正經事的人，我可是非常講求精確。」

「那你要拿這些星星做什麼呢？」

「我要拿它們做什麼？」

「是啊。」

「什麼也不做，我只是擁有他們。」

「你擁有這些星星？」

「對。」

「可是我見過一個國王，他……」

「國王並不擁有什麼，他們只是統治。這是很不一樣的。」

「擁有這些星星，對你來說有什麼用呢？」

「我會很富有。」

「很富有又有什麼好處呢？」

「我就可以買下別顆星星，要是有人發現的話。」

「這個人，」小王子自言自語，「他的思考邏輯就像我之前遇到的酒鬼。」

不管怎麼說，他還有一些問題：

「人們要如何擁有星星呢？」

「不然你認為星星是誰的？」生意人有些惱火。

「我也不知道。星星不屬於任何人。」

「那星星就是我的，我先想到就是我的。」

「這樣就算數嗎？」

「當然！當你發現一顆不屬於任何人的鑽石，它就是你的；當你發現一座不屬於任何人的小島，它就是你的；當你先想到一個點子，你去申請專利，它就是你的。所以這些星星是屬於我的，因為在我之前，從來沒有人想到要擁有它們。」

「你說得對。」小王子說，「不過你到底要拿這些星星做什麼呢？」

「我管理它們，我把它們算過一遍又一遍。」生意人回答，「這並不容易，不過誰叫我是一個做正經事的人呢！」

小王子還是不滿意他的回答。

「我啊，要是我有一條圍巾，我就可以圍著它到處走；要是我有一朵花，我也可以摘下它帶著走。可是你卻沒有辦法摘下星星呀！」

「確實不能，但我可以把它們存進銀行。」

「這是什麼意思？」

「意思是我把星星的數目寫在一小張紙上，然後再用鑰匙把它鎖進抽屜裡頭。」

「這就樣？」

「這樣就夠了！」

「這也太有趣了。」小王子心裡想。

「這確實挺有詩意的，卻稱不上為正經的事情。」

小王子對於正經事的看法和大人很不一樣。

「我啊，」小王子繼續說著，「我擁有一朵花，我每天都替她澆水。我擁有三座火山，我每個禮拜都替它們清掃，連其中一座死火山也不例外。誰知道它哪天會不會爆發呢？我擁有他們，因為我對我的火山有幫助，我對我的花朵也有幫助，而你對星星卻一點用處都沒有……」

生意人張開嘴巴卻無言以對，於是小王子離開了。

「大人果真奇怪得不得了。」小王子在旅程中繼續嘀咕著。

Chapter 14

第五顆星球非常稀奇，是所有星球中最小的一顆。它小到只夠容納一盞街燈和一個點燈的人。小王子怎麼也想不明白，在茫茫天際中，在一個荒無人煙、連一間房子都沒有的星球上，為什麼需要街燈和點燈人的存在。

儘管如此，他還是對自己說：

「或許這個人有些荒謬。不過比起那個國王、那個自大狂、那個生意人和那個酒鬼，他其實也沒有荒謬到哪裡去，至少他的工作有點意義。當他點燃街燈時，彷彿又多讓一顆新的星星誕生，或是又多了一朵花盛開；當他熄滅街燈時，星星和花朵也進入夢鄉。這真是一個美好的工作。既然是美好的，當然就是有益的。」

當小王子抵達這顆星球，他滿懷敬意地和點燈人打招呼：

「早安！你剛才為什麼要熄滅街燈呢？」

「這是規定。」點燈人答道。「早安。」

「什麼規定?」

「把街燈熄滅的規定。晚安。」

然後他又把街燈點亮。

「那你為什麼又把街燈點亮呢？」

「這也是規定。」點燈人回答。

「我不明白。」小王子說。

「沒什麼好弄明白的，」點燈人說，「規定就是規定。早安。」

於是他又把街燈熄滅。

接著他用一條紅格子手帕擦了擦額頭。

「這工作是個苦差事。以前還算說得過去，我早上熄燈，其它的時間就休息；我晚上點燈，剩下的時間就睡覺⋯⋯」

「所以後來規定改變了，是嗎？」

「規定沒變。」點燈人答道，「悲劇就在這裡！這顆星球一年比一年轉得還快，而規定卻一直沒有變！」

「所以呢？」小王子問。

「所以它現在每分鐘就轉一圈，我連一秒鐘都不能休息。每分鐘我就要點一次燈，熄一次燈！」

「真有趣！你的星球每天只有一分鐘長！」

「一點也不有趣，」點燈人說，「在我們講話的時候，已經過了一個月。」

「一個月？」

「是的，已經過了一個月。三十分鐘，也就是三十天！晚安。」

說著他又點亮了街燈。

小王子看著他，覺得自己喜歡上這個如此忠於規定的人。他想起自己以前挪動椅子就可以追逐日落的事。他想幫助眼前這個朋友：

「你知道嗎……我有一個可以讓你休息的辦法，你要什麼時候休息都可以。」

「我無時無刻想休息。」點燈人說。

因為一個人可以在盡忠職守的同時，也想要偷懶休息。

小王子繼續說道：

「你的星球小到只要走三步就繞完一圈，所以你只要走得夠慢，就可以一直跟太陽在一起。當你想要休息的時候，你就照這樣走……那麼，你要白天有多長，它就會有多長。」

「這個方法對我的幫助不大，」點燈人說，「因為我這輩子最愛的事情就是睡覺。」

「你的運氣真不好。」

「我的運氣真不好。」點燈人說，「早安。」

然後，他又熄滅了他的街燈。

「這個人啊，」小王子在接下來前進的旅途中，對自己說道，「這個人一定會被那些像是國王、自大狂、生意人還有酒鬼的人瞧不起。可是，只有這個人不會讓

我覺得荒謬可笑，也許是因為他還關心自己以外的事情。」

小王子惋惜地嘆了一口氣，心裡又想著：

「這個人是他們之中唯一可以當朋友的人，只可惜他的星球實在太小了，容不下兩個人……」

小王子不敢承認的是，他之所以捨不得離開這顆得天獨厚的星球，是因為那裡有每天二十四小時一千四百四十次的日落！

Chapter 15

第六顆星球比前一顆星球大了十倍，上面住著一位老先生，他寫了好幾本厚厚的書。

「瞧！來了一個探險家！」

老先生一看到小王子就大叫出聲。

小王子在桌子前坐下，有點氣喘吁吁，畢竟他已經旅行了好長一段時間！

「你從哪裡來的？」老先生問他。

「這一大本厚厚的是什麼書呀？」小王子問，「您在這裡做什麼呢？」

「我是地理學家。」老先生回答。

「什麼是地理學家？」

「地理學家就是學者，他知道哪裡有海洋、哪裡有河流、哪裡有城市、哪裡又有山脈和沙漠。」

「這真有意思。」小王子說，「總算有人有一份真正的職業！」

隨後他便朝著地理學家所在的星球瞄了一眼。他還從來沒有見過這麼壯觀的星球。

「您的星球真美！這上面有海洋嗎？」

「這我無從得知。」地理學家說。

「啊！」小王子好失望，「那有沒有山呢？」

「這我也無從得知。」地理學家說。

「那麼，有城市、河流、沙漠嗎？」

「這我還是無從得知。」地理學家說。

「可是您是地理學家呢！」

「你說得沒錯，」地理學家說，「不過我並不是探險家，這個星球上缺的就是探險家。地理學家是不會跑去計算有多少城市、多少河流、多少山脈、或是多少海洋、多少沙漠的。地理學家太重要了，重要到沒辦法到處閒逛。他不能離開他的辦公桌，不過他可以在他的辦公桌前接見探險家。他會詢問他們，並把他們的回憶記錄下來。如果其中有探險家的回憶讓地理學家覺得有點意思，那麼他就會對那個探險家的品德展開調查。」

「為什麼呢？」

「因為一個會說謊的探險家，會為一個地理學家的書帶來災難。同樣的，一個愛喝酒的探險家也是。」

「為什麼呢？」小王子問。

「因為一個喝醉酒的人會把一個看成兩個。那麼，地理學家就會把只有一座山的地方，標示成兩座山。」

「我認識一個人，」小王子說，「他可能就會是個糟糕的探險家。」

「很有可能。然而，要是這個探險家的品德良好，我們就會針對他的發現展開調查。」

「你們親自去看嗎？」

「不會，這樣太麻煩了，我們會要求他提供證據。假使他發現了一座大山，那我們就會要求他帶回幾塊大大的石頭。」

地理學家忽然興奮起來。

「你啊！你是從很遠的地方來的吧！你就是探險家！跟我形容一下你的星球吧！」

於是地理學家打開他的紀錄簿，削好他的鉛筆。他會先用鉛筆將探險家的敘述記錄下來，等到探險家提供證據之後，再用墨水寫下。

「所以你的星球？」地理學家問道。

「喔！我那裡啊，」小王子說，「沒什麼意思，只是一個小小的星球。我有三座火山，兩座是活的，一座是死的。不過誰知道會發生什麼事呢？」

「確實誰也不知道。」地理學家說。

「我還有一朵花。」

「我們是不記錄花朵的。」地理學家說。

「為什麼不呢？花朵是最美麗的！」

「因為花朵是稍縱即逝的。」

「稍縱即逝是什麼意思？」

「地理學的書籍，」地理學家說，「是所有書籍中最精確的書籍。它們永遠不會過時。因為，山很少會改變它的位置，海洋的水也不曾乾涸，我們只記錄永恆的事物。」

「可是死火山也有可能再度甦醒的。」小王子打斷地理學家的話。

「『稍縱即逝』是什麼意思？」

「不論火山是活的還是死的，對地理學家來說都是一樣的。」地理學家說，「對我們來說，只有山才算數，山是永恆不變的。」

「不過『稍縱即逝』是什麼意思？」小王子繼續追問。

他的人生一旦提出了問題，就沒有放棄的可能。

「意思是：『即將消失的危險』。」

「我的花有即將消失的危險嗎？」

「當然。」

「我的花稍縱即逝，」小王子心想，「她只有四根刺可以對抗這個世界，而我卻把她獨自留在我的星球上！」

這是小王子第一次感到懊悔，不過他很快就又振作起來了。

「那您會建議我去哪邊拜訪呢？」小王子問道。

「地球。」地理學家回答他。「這顆星球聲名遠播……」

於是小王子離開了，一邊惦記著他的花。

Chapter 16

第七顆星球，就是地球了。

地球可不是什麼隨便的星球！上面有一百一十一個國王（當然沒有忘記黑人國王）、七千個地理學家、九十萬個生意人、七百五十萬個酒鬼、三億一千一百萬個自大狂先生，也就是說，地球大約有二十億個大人。

為了讓你們對地球的大小有一個概念，我可以告訴各位，在電力尚未被發明以前，為了維持整個地球六大洲的照明，我們需要四十六萬二千五百一十一個點燈人，這可是一支名副其實的點燈大軍。

從遠處望過去，這真是一個壯觀的景象。這支軍隊的動作就像歌劇院的芭蕾舞團表演一樣，那麼整齊劃一。

首先是紐西蘭及澳洲的點燈人，他們點燃街燈，然後就去睡覺。

再來就輪到中國和西伯利亞的點燈人上臺獻舞，隨後，他們也退居幕後。

　　於是接著換上俄羅斯和印度的點燈人，再來是非洲和歐洲，然後是南美跟北美。這些點燈人從來不會搞錯他們的出場順序，真是了不起。

　　而只有各一盞街燈的北極跟南極，唯獨這兩個地方的點燈同行，他們過著悠哉閒暇的日子；他們一年只工作兩次。

Chapter 17

　當一個人想要顯得風趣，有時就會撒點小謊。我在講點燈人的故事時，就沒有那麼忠於實情。

　對於那些不瞭解地球的人，很可能會產生一點誤解，地球上的人類，其實只占了一小部分而已。

　要是地球上的二十億居民統統站在一起，像大型集會一樣靠攏在一起，那麼只要長、寬各二十哩的廣場，就可以容下所有的人，也就是說，連太平洋最小的島嶼，都可以堆得下全部的人類。

　不過，大人當然不會相信，他們覺得自己占了很大的地方，他們把自己看得跟猴麵包樹一樣重要。

　你應該建議他們自己算一下，他們會很高興的，因為他們最喜歡數字了。不過你們千萬可別把時間浪費在這個額外的工作上，沒有用的，相信我就是了。

小王子來到地球的時候，對於看不到任何一個人感到無比驚訝，就在他擔心自己是不是來錯地方時，沙地上有一團月光似的東西在蠕動著。

　　「晚安。」小王子碰碰運氣地說。

　　「晚安。」蛇說。

　　「我落到哪顆星球上了呢？」小王子問。

　　「地球上的非洲。」蛇回答他。

　　「啊！難道地球上都沒有人嗎？」

　　「這裡是沙漠，沙漠中不會有人。地球很大的。」蛇說。

　　小王子在一塊石頭上坐了下來，眼睛望著天空。

　　「我在想，」他說，「星星們閃閃發亮，是不是為了讓人們有一天可以找到自己的星星呢？你看，我的那顆星球，它就在我們的正上方……不過，它離得好遠啊！」

「它很漂亮。」蛇說，「你為什麼會來這裡呢？」

「我和一朵花處得不太好。」小王子說。

「啊！」蛇說。

隨後他們都沉默不語。

「人們都去哪裡了？」小王子終於又開口了，「在沙漠裡，還真有點孤單……」

「到了有人的地方，也一樣孤單。」蛇說。

小王子盯著蛇看了好久好久。

「你真是奇怪的動物，」他終於對蛇說道，「細得像根手指……」

「不過我比國王的手指更有威力。」蛇說。

小王子微微一笑，說：

「你沒有那麼有威力……你連腳都沒有……你甚至不能旅行……」

「我能帶你去很遠的地方，比船可以去的地方還要遠。」蛇說。

說完，蛇就盤住小王子的腳踝處，像一只金色的鐲子。

「只要是被我碰到的人，我可以把他們送回到來時的地方。」蛇又說，「不過你很純潔，而你又來自星星⋯⋯」

小王子一句話也沒有回答。

「我為你感到同情，在這個花崗石構成的地球上，你是如此的脆弱。如果你很後悔離開你的星球，到時候我可以幫你。我可以⋯⋯」

「喔！我非常明白你的意思，」小王子說，「不過，為什麼你說話總是像個謎呢？」

「全部的謎我都解得開。」蛇說。

然後他們又都沉默了。

Chapter 18

小王子穿越沙漠,途中只遇見過一朵花,一朵有著三片花瓣,毫不起眼的小花……

「你好。」小王子說。

「你好。」花朵說。

「請問,人們都去哪裡了呢?」小王子有禮貌地問。

這朵花曾經看過一支駱駝商隊經過。

「人們？」

花朵說：「他們一共有六、七個吧。
我在好多年前看過他們，
不過我不知道哪裡可以找到他們，
風吹著他們到處跑。
他們沒有根，是一件麻煩的事情。」

「再見了。」小王子跟花朵道別。

「再見。」花朵說。

Chapter 19

小王子登上一座高山。以前他唯一知道的山，是那三座不超過他膝蓋的火山，他還把那座死火山當成板凳來用。

「從這麼高的一座山望過去，」小王子自言自語，「我一眼就可以看到整個星球以及全部的人們……」

可是除了像針一樣銳利的岩石山峰外，他什麼也沒看見。

「您好。」小王子隨口說道。

「您好……您好……您好……」四周響起了回音。

「您是誰啊？」小王子問。

「您是誰啊……您是誰啊……您是誰啊……」回音繼續響起。

「和我做朋友吧……我好孤單。」小王子說。

「我好孤單……我好孤單……我好孤單……」回音回答。

「真是奇怪的星球！」小王子心裡想，「這裡又乾又尖又鹹，人們一點想像力都沒有，只知道重複別人說過的話……在我星球的那朵花，她每一次都第一個說話……」

Chapter 20

穿越過沙漠、岩石和雪地，小王子走了很久，終於發現一條道路。所有的道路都會通往人們居住的地方。

「你們好。」小王子說。

他來到一座玫瑰盛開的花園。

「你好。」玫瑰花們說。

小王子看著這些玫瑰花，發現她們跟他的玫瑰花長得好像。

「你們是誰？」小王子詫異地問。

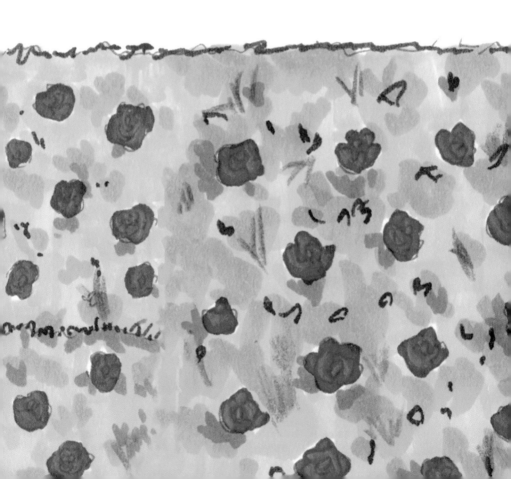

「我們是玫瑰花。」花朵們回答。

「啊！」小王子驚呼了一聲……

他覺得傷心不已。

他的花朵曾經跟他說過，說她這樣的花，在宇宙中只有唯一一朵，可是單單在這座花園，和她一樣的花就有五千朵！

「如果她看到這些，她一定會非常生氣……」小王子自言自語地說，「為了避免被人嘲笑，她不知道會把自己咳成什麼樣子，假裝自己快要死了。而我也得被迫假裝去照顧她，如果沒有這麼做，為了讓我內疚，她可能會真的讓自己死去……」

接著小王子繼續想著：

「我以為我自己很富有，因為我擁有一朵獨一無二的花，可是其實我只不過擁一朵普通的玫瑰花。這朵普通的玫瑰花，還有我那三座只到膝蓋的火山，其中一座可能還永遠熄滅了。這一切都讓我不能成為一個偉大的王子……」

想著想著，他躺在草地上哭了起來。

Chapter 21

狐狸就是這個時候出現的。

「你好。」狐狸說。

「你好。」小王子有禮貌地回答，雖然他轉身過去時，什麼也沒有看到。

「我在這裡，」狐狸說，「在蘋果樹下。」

「你是誰？」小王子說，「你好漂亮……」

「我是一隻狐狸。」狐狸說。

「跟我一起玩吧！」小王子向狐狸提議，「我好悲傷……」

「我不能跟你一起玩，」狐狸說，「我還沒有被馴服。」

「啊！抱歉。」小王子說。

不過他思索了一會兒，又說：

「『馴服』是什麼意思？」

「你不是這裡的人，」狐狸說，「你在找什麼呢？」

「我在找人們，」小王子說，「『馴服』是什麼意思？」

「人們哪，」狐狸說，「他們有槍，他們還會打獵，這實在很討厭。不過他們也養母雞，這算是他們唯一的

優點。你在找母雞嗎？」

「不，」小王子說，「我在找朋友。『馴服』是什麼意思？」

「這是一件容易被忽略的事情，」狐狸說，「『馴服』的意思就是『建立關係』……」

「建立關係？」

「是啊！」狐狸說，「對我來說，你跟其它成千上萬的小男孩一樣沒有差別。我不需要你，你也不需要我。對你來說，我也跟其它成千上萬的狐狸一樣沒有差別。可是如果你馴服了我，我們就會需要彼此。對我來說，你會成為這個世界上獨一無二的存在。對你來說，我也會成為這個世界上獨一無二的存在……」

「我有點懂了，」小王子說，「有一朵花……我想她已經馴服我了……」

「這不無可能，」狐狸說，「各式各樣的事情，在地球上都有可能發生……」

「喔！事情並不是在地球上發生的。」小王子說。

狐狸似乎很感興趣：

「在其它的星球上嗎？」

「是的。」

「那個星球上有獵人嗎？」

「沒有。」

「這很有趣！那有母雞嗎？」

「沒有。」

「沒有事情是完美的。」狐狸嘆了一口氣。

不過狐狸又回到原本的話題：

「我的生活單調乏味。我抓母雞，人類抓我。所有的
母雞都一樣，所有的人類也都一樣，讓我厭煩。不過，
如果你馴服我的話，我的生活就會開始充滿陽光，我會
分辨得出那與眾不同的腳步聲。其它的腳步聲會讓我躲

回地裡，而你的腳步聲卻會把我從洞裡喚出來，就像悠揚的樂曲。再說，你看！你看到那邊的麥田了沒有？我不吃麵包，麥子對我一點用也沒有，麥田也對我沒有任何引吸力。這還真是令人難過！可是你有一頭金黃色的髮，一旦你馴服了我，這一切都會變得美好！金黃色的麥子，就會讓我想起你。連風吹動麥子的聲音，都會令我著迷……」

狐狸沉默不語，眼睛注視著小王子很久很久……

「請你……馴服我吧！」牠說。

「我很願意，」小王子說，「可是我沒有很多時間。我還要去尋找朋友，還有很多事情要弄明白。」

「只有那些被你馴服的東西，你才能弄明白。」狐狸說，「人們不再有時間去弄明白任何事情，他們在商店購買現成的東西，可是沒有一家商店可以買到朋友，所以人們再也沒有朋友了。如果你想要朋友，就馴服我吧！」

「那麼我應該怎麼做呢？」小王子問。

「你必須非常有耐心，」狐狸說，「你先坐在離我稍遠的地方，像這樣，坐在草叢裡。我用眼角瞄著你，你什麼話都別說。語言是所有誤會的根源，不過，每一天，你都要坐得更靠近我一點……」

隔天，小王子又來了。

「你要是可以在同一個時間過來就更好了，」狐狸說，「比方說，要是你在下午四點鐘過來，那麼從三點鐘開始，我就會開始感到快樂。時間越接近，我就越快

樂。四點鐘一到，我其實早就坐立難安，而我會發現，這是快樂的代價。可是如果你隨便什麼時候過來，我就永遠不知道什麼時候該做好心理準備……這可是需要儀式的。」

「儀式是什麼？」小王子說。

「這是另一件容易被忽略的事情，」狐狸說，「儀式就是讓某個日子跟其它日子不一樣，讓某個時刻跟其它時刻不一樣。比方說，我的獵人們也有一種儀式，他們會在每週四和村子裡的女孩跳舞。於是，禮拜四就是一個美好的日子，我可以一路散步到葡萄園。要是獵人們在任何時間跳舞，每天都跟其它日子一樣，我就沒假放了。」

於是，小王子就這樣馴服了狐狸。

而當離別的時刻到來：

「啊！」狐狸說，「我會哭的……」

「是你不好，」小王子說，「我從來沒想過要傷害

你，可是你卻要我馴服你……」

「是啊！」狐狸說。

「可是你會哭的！」小王子說。

「是啊！」狐狸說。

「所以你根本一無所獲啊！」

「我有，」狐狸說，「因為麥田的顏色。」

狐狸接著又說：

「再去看看那些玫瑰花吧。你就會明白你的那朵玫瑰花是獨一無二的。你回來跟我道別的時候，我會送給你一個祕密當成禮物。」

於是小王子又去看了那些玫瑰。

「你們一點也不像我的玫瑰，你們什麼都不是，」小王子對她們說，「沒有人馴服過你們，你們也沒有馴服過任何人。你們就跟我的狐狸從前一樣，牠那時就跟其

它成千上萬的狐狸一樣沒有差別，可是現在我把牠當成我的朋友，牠就是世界上獨一無二的狐狸。」

那些玫瑰顯得十分難堪。

「你們很美，可是你們很空虛，」小王子繼續說，「沒有人會為你們而死。當然，我的那朵玫瑰，一個普通的路人也會覺得她跟你們一樣。不過，她單獨一朵就比全部的你們都還重要。因為她是我澆水灌溉的。因為她是我放進玻璃罩裡的。因為她是我拿屏風保護的。因為她身上的毛毛蟲（除了例外的兩、三隻是為了讓牠們變成蝴蝶）是我除去的。因為她的哀聲嘆氣、她的驕傲吹噓，甚至是她的不發一語，都是我在傾聽的，因為她是我的玫瑰。」

於是，小王子又回到狐狸那裡。

「再見了！」小王子說。

「再見了！」狐狸說，「這就是我的祕密，它的道理很簡單：真正重要的東西，眼睛是看不見的，只有用心

才能看得清楚。」

「真正重要的東西，眼睛是看不見的。」小王子重複這句話，好讓自己能夠記住。

「因為你在你的玫瑰花上傾注了時間，她才變得如此重要。」

「因為我在我的玫瑰花上傾注了時間……」小王子又說了一遍，好讓自己能夠記住。

「人們都忘了這個真理，」狐狸說，「不過你不可以忘記，你永遠都要為你馴服過的一切負責，你要對你的玫瑰花負責……」

「我要對我的玫瑰花負責……」小王子重複著，好讓自己能夠記住。

Chapter 22

「你好。」小王子說。

「你好。」鐵道轉轍工說。

「你在這裡做什麼?」小王子問。

「我在分配旅客,每一批一千人。」轉轍工說,「我分派這些運載旅客的列車,時而往左,時而往右。」

這時一列燈火通明的快車呼嘯而過,一陣雷鳴震得轉轍工的小屋轟隆作響。

「他們好匆忙啊。」小王子說,「他們在尋找什麼呢?」

「就連開火車的人自己也不知道。」轉轍工說。

第二列燈火通明的快車從反方向開來,又是一陣雷聲震耳。

「他們這麼快就回來了？」小王子問。

「這不是原來那批旅客，」轉轍工說，「這是對向的列車。」

「他們不滿意原來的地方嗎？」

「從來沒有人會滿意自己待的地方。」轉轍工回答。

隨後他們聽到了第三列燈火通明的列車飛馳而過的轟鳴聲。

「他們在追趕第一批旅客嗎？」小王子又問。

「他們沒有在追趕什麼，」轉轍工說，「他們通常在裡面睡覺，或是打哈欠。只有小孩子會把鼻子貼在車窗上面往外看。」

「只有小孩子才知道自己在尋找什麼，」小王子說，「他們把時間花在布娃娃上，布娃娃就會變得很重要，如果布娃娃被搶走，小孩子就會哭……」

「他們運氣真好。」轉轍工說。

Chapter 23

「你好。」小王子說。

「你好。」商人說。

　這個商人販賣一種精製的止渴藥丸，只要吞下一顆，就可以維持一個禮拜不用喝水。

「你為什要賣這個東西呢？」小王子問。

「它可以節省大量時間。」商人回答，「專家們有計算過，每個禮拜可以多出五十三分鐘。」

「那這五十三分鐘要拿來做什麼呢？」

「想做什麼就可以做什麼……」

「我啊，」小王子說，「如果我有多出來的五十三分鐘可以使用，我會慢慢地走到泉水邊……」

Chapter 24

　我的飛機在沙漠失事已經一個禮拜了，我一邊聽著商人的故事，一邊喝完最後一滴備用水。

　「啊！」我對小王子說，「你的回憶非常迷人，可是我的飛機還沒有修好，而我的水也喝完了，要是我也能夠悠閒地走到泉水邊，我會非常開心！」

　「我的狐狸朋友……」小王子跟我說。

　「我的小傢伙，關於狐狸什麼的，一點都不重要了！」

　「為什麼？」

　「因為我們馬上就要渴死了……」

　小王子沒聽懂我在說什麼，他回答我：「就算我們快要渴死了，曾經擁有過一個朋友，也是一件很好的事情啊！我啊，就是因為曾有過一個狐狸朋友，所以感到開心……」

「小王子無法知道事情的嚴重性。」我心裡想著，「他既不餓也不渴，他只要一點陽光就足夠了……」

他看著我，回應了我心裡所想的事情：

「我也渴了……我們去找口井吧……」

我意興闌珊，要在如此廣大的沙漠中盲目地找一口水井，簡真是一件荒謬的事情。話雖如此，我們還是出發了。

就在我們默默走了幾個小時之後，夜幕已悄然降臨，星星也開始閃爍著光芒。因為口渴的緣故，導致我有點發熱，在看著天空的一切時，我覺得自己就像是做夢一般。

小王子說的話，在我的腦海裡迴盪：

「所以你也口渴嗎？」我問小王子。

可是他沒有回答我的問題，只簡單說了一句：「水對心靈可能也有好處……」

我不明白他的話，但我也沒說什麼，我知道不應該去問他。

他走到累了，就坐下來，我也坐在他的旁邊。

一陣靜默後，他說：「星星很漂亮，因為有一朵我們看不見的花在那裡……」

「當然。」我不發一語地看著月光映照出的沙浪紋路。

「沙漠很美。」小王子又說。

這是無庸置疑的，我一直都很喜歡沙漠。

坐在沙丘上，什麼也看不到，什麼也聽不到，卻又有某種東西在寂靜中閃耀著光彩……

「沙漠之所以美麗，」小王子說，「是因為有一口水井深藏於某處……」

我很驚訝，突然明白沙漠為何閃爍著神祕的光芒。當我還是小男孩的時候，我曾經住在一棟古老的房子裡，

傳說房子裡埋藏著一個寶藏。

當然，從來沒有人發現過那個寶藏，甚至可能從來也沒有人去找過它。可是這個寶藏卻為房子蒙上一股神祕的色彩。

在房子的內心深處，它藏著一個祕密……

「是的，」我對小王子說，「不管是房子還是星星，或是沙漠，讓它們變得美麗的東西是看不見的！」

「我真高興，」小王子說，「你和我的狐狸想的一樣。」

此時小王子睡著了，我將他抱在懷裡，再度出發。我好感動，好像我正抱著一件脆弱的寶物，而地球上彷彿再也沒有比這個寶物更脆弱的東西了。

月光下，我凝視著他蒼白的額頭、緊閉的雙眼，以及隨風飄動的髮絲，然後心裡想著：「我現在眼前所見的只是表象罷了，真正重要的東西，用眼睛是看不到的……」

他微張的雙唇露出一抹淺淺的微笑，我又想著：「這個熟睡的小王子，之所以讓我如此感動，是因為他對那朵花的忠誠，是因為那朵玫瑰花的樣子。即使他已經熟睡，玫瑰花還是如同燈的火焰般照亮著他，在他身上閃爍著光芒……」

我感覺他變得更加脆弱了，要好好保護火焰才行，不然一陣風吹來它就熄滅了……

於是我就這樣走著，在太陽升起的時候，發現了水井。

Chapter 25

「人們哪，」小王子說，「他們往快車裡湧進，卻不知道自己在找尋什麼，於是他們坐立難安，原地打轉……」

他接著又說：

「這一點也不值得……」

我們找到的這口水井，一點都不像是撒哈拉沙漠的產物，撒哈拉沙漠的水井，只會像是從沙裡挖出來的洞，而這口水井則像是村子裡會出現的水井一樣。可是這邊根本沒有任何村落，我感覺好像做夢一樣。

「真奇怪，」我對小王子說，「所有的東西都是現成的：滑輪、桶子、井繩……」

他笑了，拿著繩子繞上滑輪，滑輪像是老舊的風標，吱吱作響，彷彿被風遺忘了許久。

「你聽，」小王子說，「我們叫醒了這口井，它正在唱歌⋯⋯」

我不想要他用掉太多的力氣。

「讓我來吧，」我對小王子說，「這對你來說太吃力了。」

我緩慢地將桶子拉上來，將它平穩地放在井邊。滑輪的歌聲在我的耳邊迴盪，依舊波動的水面上，我看見閃爍的太陽。

「我好想要喝水，」小王子說，「給我喝一點吧……」

這時我才明白他在找尋的是什麼！

我提起桶子，送到他的嘴邊，他閉上雙眼，喝了水，像是嘗到了慶典的酒水般一樣滿足。

這樣的水不僅僅是食物而已，它誕生於星空下的跋涉、滑輪中的歌唱，以及我那雙臂的努力。這水，就像是禮物般撫慰著人心。

當我還是小男孩的時候，聖誕樹閃爍的光芒，午夜彌撒的樂聲，溫柔暖心的微笑，這一切都讓我收到的聖誕禮物散發著無比光彩。

「你們星球上的人，」小王子說，「在同一座花園裡種上五千朵玫瑰花⋯⋯卻沒辦法從中找到自己所要尋找的東西⋯⋯」

「他們找不到的。」我回答他⋯⋯

「其實他們所尋找的，在一朵玫瑰花或是一點點的水中就可以找得到⋯⋯」

「是啊！」我回道。

小王子又說：

「眼睛是看不到的，要用心去看才行。」

我喝了水，感到呼吸順暢許多。日出時分的沙漠泛出蜂蜜般的色澤，讓我感到幸福。可是為什麼我卻會感到一絲痛楚呢？

「你得遵守你的諾言。」小王子坐回我的身旁，輕聲地對我說。

「什麼諾言？」

「你知道的……要給綿羊的嘴套……我對我的花有責任！」

我從口袋裡拿出我的畫稿。

小王子瞧了一眼，笑著說：「你畫的猴麵包樹，有一點像包心菜……」

「喔！」

猴麵包樹可是我的驕傲之作！

「你畫的狐狸……他那雙耳朵……有點像角……而且也太長了！」

他又笑了。

「這太不公平了，小傢伙，除了蟒蛇的外觀圖和內視圖，我什麼也不會畫。」

「喔！這樣就夠了，」他說，「小孩子會懂的。」

於是我用鉛筆勾畫了一個嘴套，把它遞給小王子時，

我的內心一陣難過。

「你有我不知道的計畫吧……」

可是他沒回答我。他說：

「你知道嗎？我落到地球上……明天就滿一年了……」

一陣沉默後，他又說：

「我落下的地方，離這裡很近……」

說完，他的臉就紅了。

再一次，我感到莫名的悲傷，說不出為什麼。而我突然想到一個問題：

「所以一個禮拜以前，我遇到你的那個早晨，你獨自一個人在人煙稀少的千里之外漫步著，這一切並非偶然？你正要回到你落下來的地方嗎？」

小王子的臉又紅了。

我猶豫著，又說了一句：

「難道是因為一週年的緣故嗎？」

小王子的臉再度紅了。

他從來不會回答任何問題，不過當一個人臉紅的時候，答案就是「肯定」的意思，對吧？

「啊，」我對他說，「我害怕……」

他卻回答我：

「你現在應該去工作了，你應該回去修理你的機器。我會在這裡等你，明天晚上再過來吧……」

而我感到不安，我想起了狐狸。

一個人一旦被馴服了，就得冒一點掉淚的危險。

Chapter 26

水井邊有一堵荒廢殘缺的老舊石牆。隔天傍晚，當我結束修理引擎的工作回來時，在遠處就看見小王子懸著雙腳，高高地坐在石牆上。我聽到他在說話：

「難道你不記得了嗎？」他說，「不可能是這裡！」

想必有另一個聲音回答了他。因為他接著說：

「沒錯！沒錯！日子是對的，但地點不是這裡……」

我繼續朝向石牆走去，還是沒看到任何人，也沒聽到任何人在說話。然而小王子卻再度說道：

「……那當然。你會看到我在沙漠裡的腳印是從何處開始的，你只要到那裡等我就好，今天晚上我就會動身前往。」

此時我離石牆只有二十公尺的距離，我還是什麼人都沒看到。

小王子一陣沉默，然後說：

「你的毒液管用嗎？你確定不會讓我痛苦太久吧？」

我停下腳步，心都快碎了，可是仍舊不明白是怎麼一回事。

「你離開吧，」小王子說，「我要跳下去了。」

於是我將視線下移，朝牆角邊看去……我嚇了一跳！就在那裡，有一條三十秒內就可以讓你斷送性命的那種黃蛇，正豎起身子對著小王子。

我一面翻找口袋掏出手槍，一面快步衝向前。可是因為我的腳步聲，那條蛇就像是一柱即將乾涸的噴泉水流，慢慢地潛入沙裡，然後不慌不忙地，在石縫間鑽動，發出金屬般的聲響。

我來到牆邊的時候，正好將我的小王子接在我的懷裡，他的臉就像雪一樣慘白。

「這是怎麼回事？你現在竟然可以和蛇說話了？」

我解開他一直圍在脖子上的金黃色圍巾，用水潤濕他的太陽穴，餵他喝了一點水。此時此刻，我什麼都不敢再問他。他嚴肅地看著我，雙手摟住我的脖子。我感覺到他的心跳，就像是一隻被槍彈擊中的鳥兒，已經奄奄一息。

小王子對我說：「我很高興你已經修好你的引擎。你可以回家了……」

「你怎麼會知道？」

我才正要來告訴他，在不抱任何期待之下，我竟然成功修好我的引擎！他沒回答我任何一句話，反而告訴我：

「我也是，今天我也要回家了……」

然後，他語帶哀傷：

「我回家的路更遙遠……也更困難……」

我清楚意識到有些不尋常的事情就要發生了，我將小

王子當作孩子般緊緊抱在懷裡，卻依然可以感覺他似乎正直直落入一處我無力挽救的無底深淵⋯⋯

他眼神嚴肅地凝視著遠方。

「我有你畫給我的綿羊，還有你畫給綿羊的箱子，以及畫給綿羊的嘴套⋯⋯」

他露出悲傷的笑容。

我等了好久，才覺得他的身子漸漸暖和起來。

「小傢伙，你害怕了⋯⋯」

他當然害怕，可是他卻輕聲地說：

「今晚我會更害怕⋯⋯」

因為再次意識到無法挽回的事情正在發生，我的身體動彈不得。此時我才明白，只要想到再也聽不到這個笑聲，我就承受不住。這個笑聲對我來說，就像是荒漠中的甘泉。

「小傢伙，我還想聽你的笑聲……」

然而他卻對我說：

「今天晚上就滿一年了，我的星星正好會落在去年我掉落的那個地方的上空……」

「小傢伙，關於那條蛇、那個見面之約、還有你的星星，這些都只是一場噩夢，對不對？」

他沒有回答我的問題，他說：

「真正重要的東西，用眼睛是看不見的。」

「的確……」

「就像是我的那朵花一樣。如果你愛上其中一顆星星裡的一朵花，當夜晚來臨時，你看著夜空中的星星，就會覺得幸福，就像是所有的星星都開滿了花一樣。」

「我知道……」

「就像是水一樣。因為滑輪跟井繩，你給我喝的水，

就像是一首曲子一樣……你記得吧……那水多好喝。」

「我記得……」

「你會在夜晚看見星星。而我的星球太小，小到我沒辦法指給你看它位於什麼地方。這樣更好，因為對你來說，我的那顆星星就在那些星星之中，這樣你就會喜歡看著所有的星星……它們全都會成為你的朋友。而且，我還要給你一個禮物……」

他又笑了。

「啊，小傢伙，小傢伙，我好愛聽你的笑聲！」

「這就是我要送給你的禮物……就像我們喝水時那樣……」

「你想說什麼？」

「每個人擁有的星星都不一樣。對於旅人來說，星星是嚮導；但在有些人眼裡，星星只是小小的亮光；對於另外一些學者來說，星星是他們需要探討的問題；而對

生意人來說，星星是金子。可是這些星星都不會說話，而你，你將會擁有跟他們不一樣的星星……」

「這是什麼意思？」

「當你在夜晚看星空的時候，因為我就住在那其中一顆星星裡面，因為我就在那其中一顆星星裡面微笑，於是對你來說，就會好像所有的星星都在微笑一樣。你啊，會擁有好多顆會微笑的星星！」

然後他又笑了。

「當你得到安慰的時候（我們總是會得到安慰的），你會因為曾經認識我而感到開心，而你永遠都是我的朋友，你永遠都會想要跟我一起笑著。你會好幾次打開窗戶，沒有別的原因，只是因為開心……當你的朋友看到你對著天空發笑，一定會非常驚訝。你就可以對他們說：『是的，星星總是能讓我笑！』而他們則會以為你瘋了。這就是我的惡作劇……」

說完，他又笑了。

「彷彿我送給你的不是星星，而是一大堆會笑的小鈴鐺……」

他又笑了，但是變得很認真。

「今天夜裡……你知道的……你不要過來。」

「我不要離開你。」

「我會看起來很痛苦……我會看起來像是要死掉的樣子，就是這樣子而已。別來看這些，沒有必要……」

「我不要離開你。」

可是他一臉擔憂。

「我會對你說這些，也是因為蛇的緣故。千萬別被蛇咬到……蛇不是什麼好東西，牠高興想咬你就會咬你……」

「我不要離開你。」

而好像有什麼事情讓他放心了：

「不過第二口就沒有毒液了，這倒是真的……」

那天夜裡，我沒有看到他動身。他一聲不響地走了。當我終於追上他的時候，他持續快步向前，步伐堅定不移，只對我說了一句：

「啊！你來了……」

然後他拉起我的手，可是他還是很擔心。

「你不該來的，你會很痛苦。我會看起來像是死掉的樣子，但這不是真的……」

我沒有說話。

「你知道的，路途太遙遠了，我沒辦法帶著這副軀殼，太重了。」

我沉默不語。

「這就像是剝落的老樹皮一樣，老樹皮沒什麼好傷心的……」

我默不作聲。

小王子有點氣餒，可是他再度做了一些努力：

「你知道的，一切都會很美好。我也會看著滿天星斗，所有的星星都是那裝有生鏽滑輪的水井。所有的星星都會倒出水來給我喝……」

我一言不發。

「這會變得很好玩！你會擁有五億個鈴鐺，而我則擁有五億個噴泉……」

說完這些，小王子也不說話了，因為他在哭……

「就是這裡了，讓我自己走這一步吧！」

他坐了下來，因為他的害怕。

他說：

「你知道的……我的花……我對她有責任！她是如此脆弱，又如此天真，她只有四根微不足道的刺，可以保護自己對抗世界……」

因為再也站不住，我也坐下了。小王子說：

「好……那就這樣了……」

他又遲疑了一會兒，隨後站起來。他往前了一步，而我卻動彈不得。

什麼都沒有，只有一道黃光閃過他的腳踝。

剎那間他動也不動，沒有任何哭喊，像一顆樹一樣，緩緩倒下。因為沙子的緣故，甚至沒發出一點聲響。

Chapter 27

而如今，六年過去了……我還從未講過這個故事。

同伴們再次看到我，都為我活著歸來感到高興不已。我卻很傷心，不過我只告訴他們：

「是因為太疲累了……」

現在，我稍微得到了安慰，也就是說……其實並沒有完全平復。

不過我知道小王子已經回到他的星球，因為那天在日出的時候，我並沒有發現他的身體，他的身體並不是那麼重的……而在夜裡我喜歡聆聽星星，彷彿像是聆聽五億個小鈴鐺……

不過還有一些不尋常的事情。

我為小王子畫的綿羊嘴套，當時忘了加上一條皮帶！所以他永遠不可能把它套在綿羊的嘴上，於是我在想：

「他的星球會發生什麼事？那隻綿羊會不會已經把花朵吃掉了⋯⋯」

可是有時候我也會想：「絕對不會的！小王子每天晚上都會把他的花放進玻璃罩裡保護好，他也會好好看顧他的綿羊⋯⋯」

想到這裡我就放心了，滿天的星星也輕柔地笑了。

不過我又想：「人難免會有一、兩次疏忽，這樣就糟了！要是某天晚上他忘了蓋上玻璃罩，或是綿羊在夜裡一聲不吭地跑出去⋯⋯」

想到這裡，鈴鐺全都變成了淚珠⋯⋯

這是一件神祕的事情。

對於也愛著小王子的你們來說，也同時對我而言，要是在宇宙的某個地方，沒有人知道的某處，有一隻我們從未見過的綿羊，牠是吃了一朵玫瑰花，還是沒吃，宇宙的一切就會全然不同⋯⋯

在仰望天空的時候，不妨問問自己：「綿羊到底有沒有把花吃掉？」你們就會看見一切是如何變得不同……

任何一個大人永遠都不會明白這件事有多麼重要！

對我而言，這是世界上最美麗卻也最悲傷的一幅風景。這幅風景畫跟上一幅是一樣的，可是我又再畫了一次，好讓你們看得更清楚。

這個地方，就是小王子在地球上曾經出現，然後消失的地方。

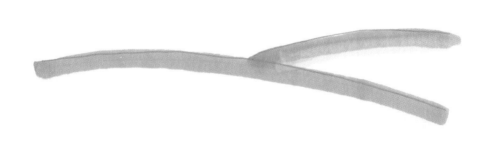

請仔細看看這幅風景，要是有一天你們到非洲的沙漠旅行，你們才有辦法認出這個地方。如果你剛好經過這裡，我向你們請求，請你們別急著走，請在星空下等待片刻！這時候，倘若有個孩子走向你，要是他笑著，要是他有一頭金髮，要是他都不回答你的問題，你就會猜到他是誰。

　　所以，請對我仁慈一點，別讓我繼續哀傷，請趕快寫信告訴我：

　　小王子回來了⋯⋯

小王子（暢銷 80 年法文直譯全新插畫版）

作　　　者／安東尼‧聖修伯里（Antoine de Saint-Exupéry）
譯　　　者／蔡季佐
插　　　畫／鄒瑋珊
美 術 編 輯／許哲綸
執 行 編 輯／許典春
企劃選書人／賈俊國

總　編　輯／賈俊國
副 總 編 輯／蘇士尹
編　　　輯／黃欣
行 銷 企 畫／張莉滎‧蕭羽猜‧温于閎

發　行　人／何飛鵬
法 律 顧 問／元禾法律事務所王子文律師
出　　　版／布克文化出版事業部
　　　　　　115 台北市南港區昆陽街 16 號 4 樓
　　　　　　電話：(02)2500-7008　　傳真：(02)2500-7579
　　　　　　Email：sbooker.service@cite.com.tw
發　　　行／英屬蓋曼群島商家庭傳媒股份有限公司城邦分公司
　　　　　　115 台北市南港區昆陽街 16 號 8 樓
　　　　　　書虫客服服務專線：(02)2500-7718；2500-7719
　　　　　　24 小時傳真專線：(02)2500-1990；2500-1991
　　　　　　劃撥帳號：19863813；戶名：書虫股份有限公司
　　　　　　讀者服務信箱：service@readingclub.com.tw
香港發行所／城邦（香港）出版集團有限公司
　　　　　　香港九龍土瓜灣土瓜灣道 86 號順聯工業大廈 6 樓 A 室
　　　　　　電話：+852-2508-6231　　傳真：+852-2578-9337
　　　　　　Email：hkcite@biznetvigator.com
馬新發行所／城邦（馬新）出版集團 Cité(M)Sdn.Bhd.
　　　　　　41, Jalan Radin Anum, Bandar Baru Sri Petaling,
　　　　　　57000 Kuala Lumpur, Malaysia
　　　　　　電話：+603- 9056-3833　　傳真：+603- 9057-6622
　　　　　　Email：services@cite.my
印　　　刷／韋懋實業有限公司
初　　　版／2024 年 7 月
定　　　價／300 元
Ｉ Ｓ Ｂ Ｎ／978-626-7431-84-9
Ｅ Ｉ Ｓ Ｂ Ｎ／9786267431818(EPUB)

城邦讀書花園
www.cite.com.tw　　布克文化 www.SBOOKER.COM.TW